الطبعة العربية الأولى عام ٢٠١٨

دار جامعة حمد بن خليفة للنشر
صندوق بريد ٥٨٢٥
الدوحة، دولة قطر

www.hbkupress.com

«كتب صُنعت في قطر» مشروع تعاوني بين مكتبة قطر الوطنية ومعهد غوته لمنطقة الخليج
ودار جامعة حمد بن خليفة للنشر ضمن فعاليات العام الثقافي
قطر - ألمانيا ٢٠١٧

الترقيم الدولي: ٩٧٨٩٩٢٧١٢٩٠٢٥

مكتبة قطر الوطنية بيانات الفهرسة- أثناء- النشر (فان)

النعيمي، جبر، مؤلف.

أشجار الهواء / تأليف جبر النعيمي ؛ رسوم ماهيش كنور. – الطبعة العربية الأولى.

الدوحة : دار جامعة حمد بن خليفة للنشر ، 2018.

صفحة ؛ سم

تدمك : 978-9927-129-02-5

1. النخيل -- أعمال الناشئة. ب. كنور، ماهيش، رسام. ج. العنوان.

SB364.K43 2018

634.62-dc23

201826231062

أشجارُ الهواءِ

تأليف: جبر النعيمي

رسوم: ماهيش كنّور

دار جامعة حمد بن خليفة للنشر

HAMAD BIN KHALIFA UNIVERSITY PRESS

عاشَ ناصرٌ معَ أسرَتِهِ في مَزرعةِ نخيلٍ كبيرةٍ، تنتجُ الكثيرَ من الرُطبِ.

نبتَتْ بعضُ أشجارِ السِّدرِ الشائكةِ بينَ مئاتِ أشجارِ النّخيلِ الباسقةِ، ولم تُؤثِّرْ يومًا في إنتاجِ المزرعةِ ورزقِ أسرةِ ناصرٍ.

أحبَّ ناصرٌ الجلوسَ تحتَ شجرةِ سدرٍ كبيرةٍ، يقرأُ الكتبَ، ويشربُ الشايَ الأحمرَ الحلوَ، ويُراقبُ الحشراتِ والطيورَ حولَهُ.

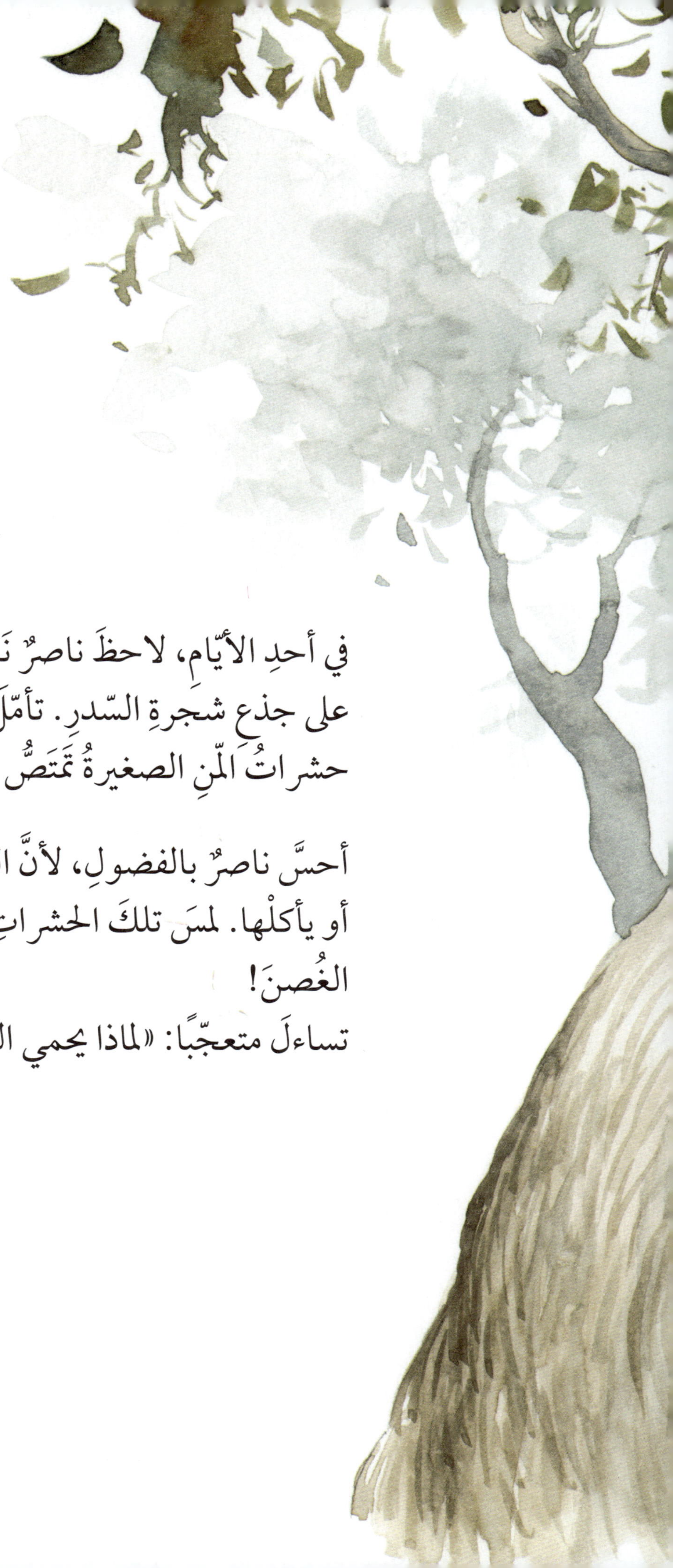

في أحدِ الأيّامِ، لاحظَ ناصرٌ نملًا متحلّقًا حولَ بُقعةٍ صفراءَ، على جذعِ شجرةِ السّدرِ. تأمّلَ البقعةَ الصّفراءَ، فإذا هي حشراتُ المّنِ الصغيرةُ تَمتَصُّ عُصارةَ السِّدرِ.

أحسَّ ناصرٌ بالفضولِ، لأنَّ النّملَ لم يُهاجمْ حشراتِ المنِّ أو يأكلْها. لمسَ تلكَ الحشراتِ بغصنٍ صغيرٍ، فهاجمَ النّملُ الغُصنَ!

تساءلَ متعجّبًا: «لماذا يحمي النّملُ حشراتِ المّنِ؟».

ANTS

ذهبَ ناصرٌ إلى مكتبةٍ عامّةٍ في المدينةِ، وبحثَ عن معلوماتٍ علميّةٍ.

قرأَ أنَّ النّملَ يستخرجُ من حشرةِ المنِّ سائلًا حُلوًا كالعسلِ، كما يستخرِجُ الإنسانُ الحليبَ منَ الأبقارِ!
ولهذا تُسمّى حشراتُ المّنِ أبقارَ النَملِ.

في ليلةٍ مُظلمةٍ، سمعَ والدُ ناصرٍ أصواتًا غريبةً تُصاحِبُ الرّياحَ، وخُيِّلَ لهُ أنّ أشجارَ النّخيلِ تتحدّثُ وتَشتكي.

سمعَ النّخلاتِ تقولُ بمرارةٍ: «أشجارُ السّدرِ المليئةُ بالشّوكِ، تأخذُ حِصّتَنا من الماءِ والغذاءِ، وتُزاحمُنا في المكانِ. نحنُ نُنتِجُ الرّطبَ اللذيذَ، وهي لا تُنتجُ الكثيرَ من الثَمرِ»...

فكّرَ والدُ ناصرٍ في إرضاءِ أشجارِ النّخيلِ، فهي تُنتِجُ الرّطبَ الذي يوفّرُ المالَ لأسرتِهِ.

في الصباحِ التّالي، بدأَ الوالدُ يقتلعُ أشجارَ السّدرِ، بمساعدةِ عُمّالِ المزرعةِ. شعرَ ناصرٌ بالضّيقِ من هذا التّصرّفِ، فأسرعَ إلى والدِهِ، وقالَ لهُ: «أرجوكَ يا أبي! لا ترمِ أشجارَ السّدرِ! ستموتُ. أرجوكَ ازرعْها خارجَ المزرعةِ».

قالَ والدُ ناصرٍ: «سأفعلُ، أعرفُ أنّكَ تُحبُّ أشجارَ السّدرِ».

ساعدَ ناصرٌ والدَهُ والعمّالَ على إعادةِ زراعةِ أشجارِ السّدرِ، وكوّنوا خميلةً منها خارجَ مزرعةِ النّخيلِ.

تنزّهَ والدُ ناصرٍ تلكَ اللّيلةَ بينَ أشجارِ النّخيلِ، وسمعَها تقولُ:

«ما أسعدَنا! أصبحَ الماءُ والغذاءُ والمزرعةُ كلُّها لنا وحدنا. سوفَ نُنتجُ رُطبًا أكثرَ وأحلى الآنَ».

بعدَ بضعةِ أيّامٍ، لاحظَ ناصرٌ مئاتِ الخطوطِ السوداءِ.

اقتربَ منها فاكتشفَ أنّها آلافٌ من النّملِ، تسيرُ في خطّوطٍ مُستقيمةٍ، تَحمِلُ بَيضَها وأبقارَها في فمِها، متّجِهةً نحوَ خميلةِ أشجارِ السّدرِ.

قالَ والدُ ناصرٍ فرِحًا: «جيّدٌ! لن تقرُصَني نملةٌ بعدَ اليومِ».

ولكنّ ناصرًا حزنَ كثيرًا. لنْ يتمكّنَ من الجلوسِ تحتَ أشجارِ السّدرِ في المزرعةِ، والقراءةِ ومُشاهدةِ الطّيورِ، ومُراقبةِ النّملِ وهوَ يعملُ بجدٍّ...

بعدَ شُهورٍ، حدثَ ما لمْ يَكُنْ في الحِسبانِ!
أنتَجَتْ أشجارُ النّخيلِ كمياتٍ أقلَّ بكثيرٍ منَ الرّطبِ، وكانَ طعمُهُ أقلَّ حلاوةً من قبلُ.

حزنَ والدُ ناصرٍ وهو يرى أشجارَ النّخيلِ المريضةَ، وسعفَها الأصفرَ المتكسّرَ... لم يفهمِ السببَ، فقرّرَ التجوّلَ بينَها في اللّيلِ لعلّهُ يسمعُها تتكلّمُ عن مُشكلَتِها.

في ليلةٍ عاصفةٍ، سمعَ والدُ ناصرٍ أشجارَ النّخيلِ تقولُ بصوتٍ ضعيفٍ:
«نشعرُ بالاختناقِ! سنموتُ... سنموتُ!».

في الصباحِ، قالَ والدُ ناصرٍ لابنهِ: «اذهبْ إلى المكتبةِ، واقرأْ في الكُتُبِ، ربّما تستطيعُ أنْ تعرِفَ ما أصابَ أشجارَ النّخيلِ، ستكونُ خسارتُنا كبيرةً إذا ماتَتْ».

قضى ناصرٌ عدّةَ ساعاتٍ في المكتبةِ العامّةِ يقرأُ عن زراعةِ الأشجارِ.
وفجأةً، عرفَ السّببَ.

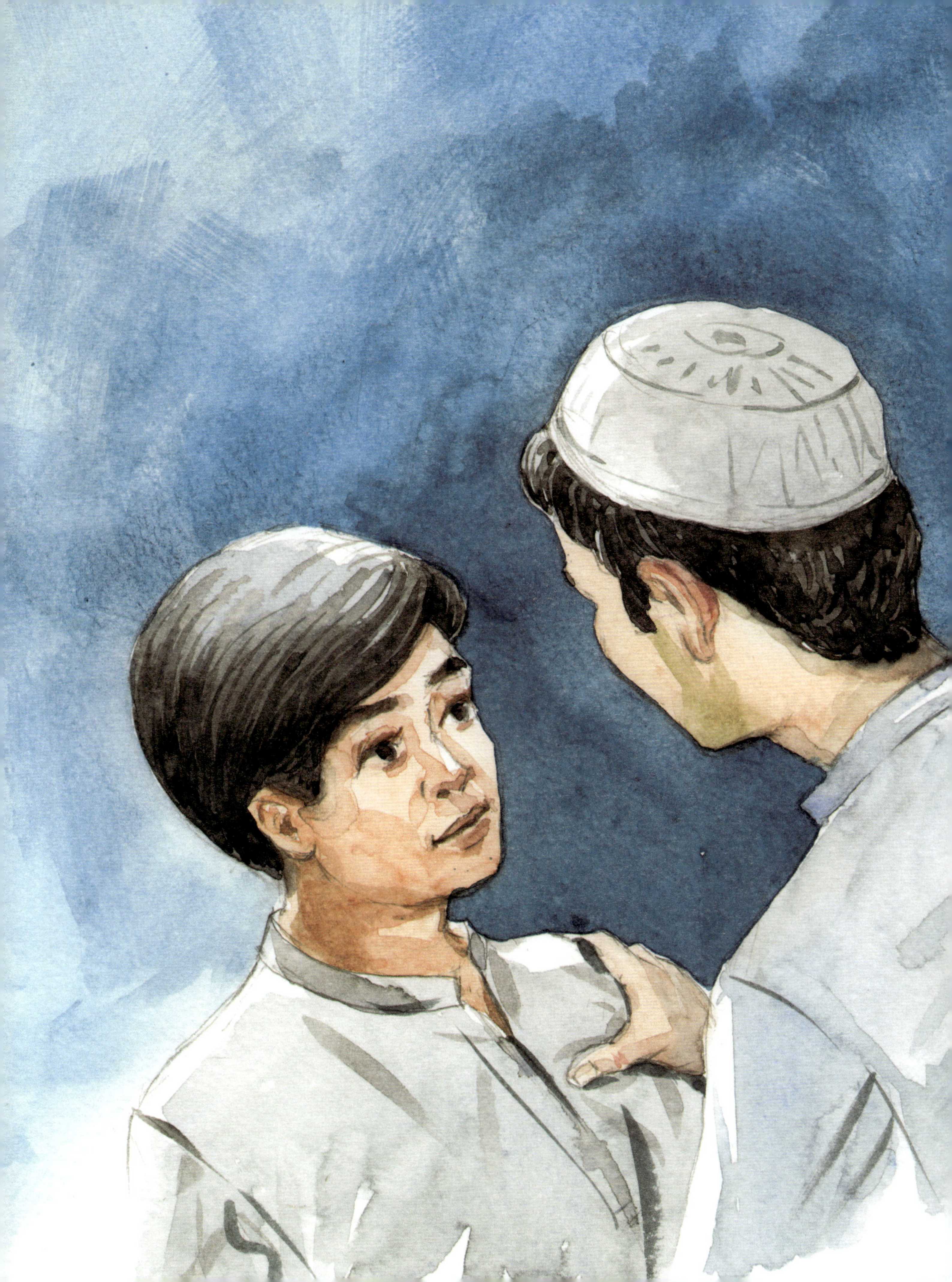

أسرعَ ناصرٌ إلى المنزلِ وقالَ لوالدِهِ: «أرجوكَ يا أبي، أعدْ أشجارَ السّدرِ إلى مكانِها، وسيعودُ كلُّ شيءٍ كما كانَ».

هزَّ والدُهُ رأسَهُ مستنكرًا وقالَ: «لكنَّ أشجارَ النّخيلِ لا تُحِبُّ أشجارَ السّدرِ!».
أصرَّ ناصرٌ: «إنّها الطّريقةُ الوحيدةُ لإنقاذِ مزرعَتِنا. ثقْ بي يا أبي».

أعادَ والدُ ناصرٍ أشجارَ السّدرِ من خارجِ المزرعة، وزرعَها بينَ أشجارِ النّخيلِ، كما كانَتْ في السابقِ.

ANTS

قالَ ناصرٌ لأبيهِ وهو يشير إلى النملِ العائد: «عادَ النّملُ إلى المزرعةِ، وسيُنقذُ أشجارَ النّخيلِ من الموتِ. قرأتُ أنَّ جحورَ النملِ المُتشعّبةَ تحتَ الأرضِ تُدخلُ الهواءَ إلى التّربةِ، وتسمحُ لجذورِ النّخيلِ بالتّنفّسِ، فتحافظُ على صِحّتِها. والنّملُ يُحبُّ عسلَ حشرةِ المّنِ التي تتغذّى فقط على عُصارةِ أغصانِ السّدرِ.

لهذا السببِ نحتاجُ أشجارَ السّدرِ بينَ أشجارِ النّخيلِ».

بعدَ بضعةِ أشهرٍ، بدأتْ أشجارُ النّخيلِ تستعيدُ صحّتَها مرّةً أُخرى .

قالَ ناصرٌ: «انظرْ يا أبي! لقدْ امتلأتْ عُذوقُ أشجارِالنّخيلِ بالرُّطبِ الكبيرِ الحلوِ».

ردَّ والدُ ناصرٍ: «الحمدُ لله، كنْتُ في حِيرة من أمري، وغيرَ متأكّدٍ من صحّةِ كلامِكَ».

انتعشَتْ أشجارُ النّخيلِ، ولمْ تتذمّرْ أبداً من وجودِ أشجارِ السّدرِ، حتى وإنْ كانَتْ تختلفُ عنها، وتشاركُها الأرضَ نفسَها.